Pâques 2006

Karine Gosselin

L'étrange disparition de Mona Chihuahua

- À Alex
les parents
du Chat
du Bleue ?

D1207760

Illustrations de **MIKa**

Kaline est une jeune écrivaine de Baie Comeau

Auteure : **Karine Gosselin**
Illustrations : **Mika**
Graphisme : **Espace blanc design & communication**
       www.espaceblanc.com

Dépôt légal - Bibliothèque nationale du Québec,
3e trimestre 2005

Dépôt légal - Bibliothèque et archives Canada,
3e trimestre 2005

ISBN 2-89595-156-X
Imprimé au Canada

Gouvernement du Québec - Programme de crédit d'impôt
pour l'édition de livres - Gestion SODEC

Boomerang éditeur jeunesse remercie la SODEC pour l'aide
accordée à son programme éditorial.

www.boomerangjeunesse.com
info@boomerangjeunesse.com

« Mon fils, tu n'iras **jamais** nulle part avec l'Art ! Tu finiras par mourir de faim, sans un sous pour te loger ! Choisis un métier conventionnel et payant, comme je l'ai fait ! Suis mon exemple, apprends la comptabilité au lieu de t'amuser à barbouiller des tableaux ! »

Chester Schnauzer se réveille.
C'est un rêve qu'il fait très souvent
depuis que son père lui a dit ces

paroles blessantes, alors qu'il n'était encore qu'un chiot. Déjà à cette époque, il savait que lorsqu'il serait grand, il deviendrait artiste peintre.

Monsieur Schnauzer a toujours dénigré son travail. Il ne l'a pas encouragé dans sa démarche et n'était pas présent lorsque son fils a obtenu son diplôme de l'École des Beaux-Arts. Chester est triste chaque fois qu'il voit son père lui faire ces reproches en rêve, mais il est fier d'avoir bien réussi dans son métier. C'est sa façon de faire un pied de nez à celui qui n'a jamais cru en lui. Il est devenu un grand artiste, reconnu dans son milieu, et tout le monde apprécie les tableaux qu'il réalise. Il gagne beaucoup d'argent, peut ainsi manger à sa faim et se loger dans un immense et luxueux studio vitré qui lui offre une vue éblouissante sur le parc.

Malheureusement, il n'y a pas que monsieur Schnauzer qui essaie de mettre des bâtons dans les roues de Chester. Non loin de chez lui vit un **vilain** chat du

nom de Chakapi. Artiste peintre lui aussi, il a obtenu son diplôme en même temps que Chester, mais ne vit pas aussi aisément de son art. Par pure jalousie, il lui livre une compétition **féroce** et élabore des plans machia-véliques pour que la carrière de son adversaire s'écroule.

Un mardi matin d'automne, alors que les couleurs valsent avec la nature à l'extérieur, Chester reçoit un appel important.

— Monsieur Chester Schnauzer, je présume?

— Oui, c'est moi, répond-il. C'est à quel sujet?

— Mon nom est Dalma Cìènapois. Je suis la directrice du Musée des Beaux-Arts de Milan, en **Italie**. J'ai beaucoup entendu parler de vous par des artistes canadiens qui ont jadis exposé leurs œuvres ici. Le conseil d'administration voudrait vous offrir l'occasion de produire une toile qui serait mise en valeur dans le cadre de notre grrrrande exposition

annuelle, événement couru par tout le jet-set artistique ! Votre toile serait par la suite vendue à l'encan, et pas pour une bouchée de pain, soyez-en certain !

11

Chester est un peu dépassé par cette demande. Exposer une toile en **Italie**! Ce pourrait être, pour lui, une façon efficace de se faire connaître outre-mer!

— J'accepte avec plaisir, madame Ciènapois! Votre exposition porte-t-elle sur un thème précis?

— Non. C'est selon vos goûts.

— Parfait! Alors je peindrai ma muse, ma Mona Chihuahua.

Il doit vite se mettre au travail pour terminer à temps. Il commence par appeler ses amis pour leur annoncer la bonne nouvelle, son père inclus. Puis, il parle du projet à Mona, qui ne se fait pas prier avant d'accepter. Elle adore servir de modèle à

Chester. De plus, les plus grands artistes d'**Italie** vont découvrir son joli minois, c'est flatteur !

Chester met temporairement ses autres projets de côté et commence son tableau. Il peint avec acharnement jusqu'à la tombée de la nuit. Il s'arrête à l'occasion pour permettre à Mona de se dégourdir les pattes. 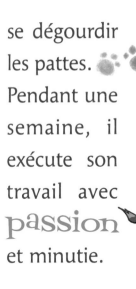 Pendant une semaine, il exécute son travail avec passion et minutie.

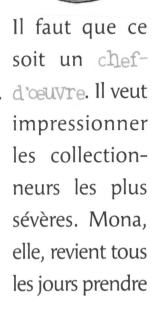

Il faut que ce soit un chef-d'œuvre. Il veut impressionner les collection-neurs les plus sévères. Mona, elle, revient tous les jours prendre la pose. Elle voudrait bien que Chester l'aime autrement que comme une amie fidèle.

Le mercredi matin, le tableau est bien avancé. Il reste quelques jours à lui consacrer pour qu'il soit parfait, et l'exposition arrive à grands pas. Chester ne peut plus se permettre de pause. Il faut qu'il travaille nuit et jour et qu'il expédie son œuvre à Milan avant la date limite. Mona est en retard. Ce n'est pas dans *Tic!* *Tac!* ses habitudes. Il attend encore et encore, mais bientôt il perd *Tic!* *Tac!* patience. Il est en **colère** contre *Tic!* *Tac!* son amie, qui semble ne pas lui avoir été fidèle cette fois-ci. Dès qu'elle arrivera, il lui exprimera son indignation. Mais Mona n'est toujours pas là. Chester reçoit un coup de fil.

— Chester ? C'est Monette, la maman de Mona. Saurais-tu **où est ma fille ?** demande-t-elle, paniquée. Elle n'est pas rentrée hier soir !

— Mais non ! Je l'attends justement. Elle a quitté mon studio, hier, vers , comme à l'habitude.

— C'est bien ce que je craignais ! Je l'ai cherchée partooooout ! Chester, ma fille a disparu !

Il est abasourdi. Il promet à Monette qu'il retrouvera Mona. Il raccroche et se met à courir dans tous les sens comme un poulet sans tête. Son tableau ne sera jamais prêt à temps ! Il faut qu'il la retrouve ou sa carrière est fichue ! Il s'arrête de tourner en rond en apercevant une enveloppe à la forme particulière dans la pile de courrier qu'il a déposée sur la table plus tôt.

Il l'ouvre. Avec des lettres découpées dans les journaux, quelqu'un a écrit :

J'ai bien peur que vous ne puissiez jamais terminer votre toile, monsieur Schnauzer. Je retiens prisonnière votre Mona Chihuahua !

Un kidnapping ! Chester a besoin d'aide pour trouver le ravisseur, car il n'y arrivera pas tout seul. Il décide de se tourner vers Jay, le geai bleu policier, son ami d'enfance. Il le joint illico sur son cellulaire.

— Salut, mon Schnauz! Vieille branche! Comment vas-tu? Je t'ai eu, hein? J'ai vu que c'était toi sur mon afficheur!

— Salut, Jay. Écoute, je n'ai pas vraiment le temps de te parler. Chaque seconde compte.

Mona a été kidnappée. Tu dois m'aider à la retrouver! C'est crucial pour ma carrière! Vite! Arrive!

Jay s'exécute à toute vitesse. Il entre chez son ami en haletant. Chester lui montre la lettre.

— Je te parie que c'est Chakapi, dit le geai bleu sans hésiter. Il fait tout pour te nuire depuis le début, Schnauz! Il a dû entendre parler de ta commande de

Milan, il est probablement fou de jalousie et il veut que tu échoues. Le mobile classique, quoi!

C'est évident. Pourquoi Chester n'y avait-il pas pensé avant? Il leur faut trouver un moyen de **coincer** Chakapi, mais il leur sera difficile d'être plus sournois que ce chat.

Les deux amis se rendent chez le vilain Chakapi pour récupérer Mona. Près de l'atelier terne et délabré du prétendu ravisseur, ils se couchent au sol et **rampent** jusqu'à la fenêtre. Ils s'imaginent déjà bondir à l'intérieur et le voir, avec son air espiègle, en train de torturer la pauvre Mona, ligotée à une chaise. Quand ils rejoignent enfin la fenêtre, ils tendent l'oreille pour entendre la voix de leur copine. Mais il n'y a que celle de Chakapi qui résonne dans toute la pièce. À leur grande surprise, celui-ci semble triste et désemparé. Le chat est au téléphone.

— **Non !** Vous ne pouvez pas me faire ça ! Donnez-moi encore une chance, monsieur. Je suis certain que les affaires iront mieux le mois prochain. Je m'attends à recevoir une grosse commande qui pourra payer les mois de loyer de retard... Oui, je sais que je vous dis cela tous les

mois, mais je vous en prie, ne me mettez pas à la rue ! Je ne veux pas devenir un chat de gouttière ! J'avais de l'ambition quand j'ai fait les Beaux-Arts, mais la vie ne m'a pas souri comme elle a souri à mon compétiteur.

Pourtant, j'ai confiance ; les gens finiront par m'aimer aussi ! Ne brisez pas mon rêve ! Ne fermez pas mon atelier ! Je vous en conjure... monsieur !

Chakapi repose le combiné et fond en larmes. Il se lève et couvre ses toiles de draps blancs. Il ferme ses pots de peinture et dépose le tout dans des boîtes. Chester et Jay se regardent, consternés. Ils ressentent de la pitié pour le diabolique Chakapi. Il serait donc doté d'un cœur et de sentiments, et ses actions malveillantes cacheraient une grande détresse ? Chester baisse les yeux, presque honteux d'avoir soupçonné un confrère qui partageait le même désir que lui. Il doit être difficile de ne pas réussir à vendre ses toiles après y avoir consacré autant de temps et d'énergie.

— Viens, Jay. Partons d'ici. Tu vois bien que Mona n'est pas dans cet atelier. Je crois que Chakapi n'aurait pas pu aller aussi loin. De plus, son appartement est beaucoup trop petit. Il serait impossible d'y cacher un otage. Il faut se lancer sur une autre piste.

— Si tu le dis, Schnauz. Mais laquelle ?

— Je ne sais pas encore. Il se fait tard. Vaut mieux dormir là-dessus.

Pendant la nuit, le cauchemar de Chester vient à nouveau le hanter. Le ton de son père lui semble plus autoritaire, et sa voix, plus grave. Ses paroles résonnent comme un écho. Le chien, surexcité, se réveille aussitôt. Il prend le téléphone et appelle Jay.

— C'est mon père! C'est lui qui a kidnappé ma Mona! Il veut que j'échoue pour se donner raison! Il veut me pousser à abandonner! On va lui rendre une petite visite, Jay, et pas plus tard que maintenant!

Il raccroche sans même laisser la chance à son ami de dire un mot. Jay surgit chez Chester, et ils partent au *pas de course*. Ils pénètrent dans la vaste maison bleue par une fenêtre ouverte et fouillent les lieux avec la lampe de poche qu'ils ont pris soin d'apporter. Ils tirent brusquement monsieur Schnauzer de son sommeil en le **bombardant** de questions. Le père de Chester allume sa lampe de chevet, un peu confus, et prend un moment avant de réagir.

— Quelle heure est-il ? Que faites-vous là, tous les deux ? Comment êtes-vous entrés et pourquoi me parlez-vous de Mona ? Est-ce que ça ne pouvait pas attendre à demain ? Chester, je

ne t'ai pas appris à te comporter
de la sorte ! Tu me déçois !

— Ouais, ouais. Ce n'est pas
nouveau ! De toute façon, nous
ne sommes pas ici pour ça.

31

Nous sommes venus chercher Mona Chihuahua. Dis-nous où elle est.

— Chester ! Retourne immédiatement chez toi et n'oublie pas ton copain ! Je ne comprends pas ce que vous faites là, au beau milieu de la nuit, mais je travaille à 7 h et je dois me lever à l'aube ! Partez, et je tenterai d'oublier que vous vous êtes introduits chez moi illégalement !

— Allez, viens mon Schnauz ! Ce n'est pas lui ! Ton père est trop terre à terre pour être l'auteur d'une telle folie.

Jay vient de réaliser que ce n'était pas raisonnable, surtout pour un policier, d'entrer sans permission chez monsieur Schnauzer. Il repart, suivi de près par Chester. Les deux amis se séparent une seconde fois pour réfléchir. Mais le temps passe, et Chester est de plus en plus nerveux.

De retour à son studio, Chester trouve une autre lettre devant sa porte. Il l'ouvre, mais cette fois, le texte est écrit à la main, maladroitement, sans doute de la gauche pour garder l'anonymat :

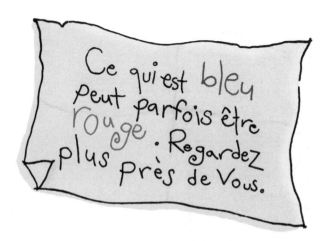

Ce qui est bleu peut parfois être rouge. Regardez plus près de vous.

— Ce n'est pas le ravisseur ! C'est quelqu'un qui veut m'aider ! Mais qu'essaie-t-il de me dire ? Regarder plus près de moi ? Rouge... comme le mal, comme le danger... Bleu... comme le ciel ou comme...

comme... JAY! Jay est un **geai bleu**! Le geai bleu représente du **danger**! C'est ça, le message! Mais pourquoi lui? Pourquoi aurait-il fait cela?

Chester se rend chez Jay. Il voudrait que l'auteur de la lettre anonyme se trompe. Il ne veut pas perdre son meilleur ami. Arrivé à destination, il pousse la porte de la maisonnette en **bois rond** et aperçoit Mona, assise à table, les pattes attachées. Jay est à ses côtés et essaie de lui faire manger de la moulée.

— Mona! Jay! Pourquoi? bredouille Chester en regardant le geai bleu.

— Je suis désolé, mon Schnauz. J'aurais voulu trouver une autre solution, mais sur le coup de la panique, c'est la seule idée qui m'est venue à l'esprit. Il fallait que je t'empêche de te faire connaître en **Italie** parce que... parce que je ne veux pas que tu finisses par partir là-bas ! Je ne veux pas perdre mon meilleur ami !

Il baisse les yeux et sanglote. Après cette révélation, Chester se sent ému. Il ne sait pas s'il doit

être content ou fâché. Jay a commis une faute grave et lui a causé bien des ennuis, mais son intention le touche. Il devra aller en prison pour son crime et perdra probablement son emploi, alors Chester considère que c'est assez cher payé.

— Si Mona va bien et qu'elle me dit qu'elle n'a pas souffert, alors je te pardonne, mon Jay !

— Tout va bien, intervient Mona. J'ai été traitée aux petits oignons, si ce n'est de ces cordes qui me **serrent** les poignets.

Jay s'empresse de la détacher et s'adresse à Chester.

— Comment tu as su que c'était moi, Schnauz ?

— J'ai reçu une étrange lettre.

Il sort le papier de sa poche et le montre à ses amis. Malgré l'écriture croche, Mona reconnaît l'auteur.

— Je sais qui termine toujours ses « G » avec une spirale comme dans ce message ! C'est Chakapi !

Au même instant, le chat apparaît dans l'encadrement de la porte. Il semble beaucoup moins **méchant** et esquisse un sourire sincère.

— Oui, c'est moi. Je t'ai vu, Jay, le soir où tu as enlevé la petite. J'avais décidé de me taire parce que je ne voulais pas plus que toi que Chester soit connu en **Italie**, même si ce n'était pas pour les mêmes raisons. Lorsqu'on m'a annoncé que je perdrais mon atelier et que ma carrière était fichue de toutes façons, je préférais aider un confrère artiste plutôt que de donner raison à tous ceux qui refusent de croire en notre travail. Il n'était pas nécessaire que deux rêves soient brisés, un seul suffisait amplement. Chester retient quelques larmes. L'image de Chakapi pleurant dans son appartement lui revient en mémoire. Soudain, son visage s'illumine.

— J'ai une idée ! Pourquoi ne viendrais-tu pas travailler avec moi dans mon studio ? Nous pourrions nous associer ! Qu'en penses-tu ?

Chakapi n'en revient pas. Il accepte avec joie, et tous approuvent la décision. Après cet instant magique, Chester revient sur Terre. Il annonce à Mona qu'il serait important d'aller voir sa mère, qui doit se faire du mauvais sang, et qu'ils ont encore bien du pain sur la planche avant d'expédier le tableau. Le sourire de Jay s'assombrit. Chester comprend et le rassure.

— Ne t'en fais pas, mon grand ! Je vais exposer ce tableau, mais je n'ai pas l'intention d'aller vivre en **Italie** !

Sur le chemin du retour, Chester s'arrête et serre Mona contre lui.

— Tu sais, Mona, je me suis vraiment inquiété. Je croyais que mon tableau était la cause de mes soucis, mais j'ai réalisé que j'avais plus peur de te perdre que de perdre ce contrat. Mona Chihuahua sourit. Ils poursuivent leur chemin. Rien ne sera plus jamais pareil dorénavant.

Glossaire

Abasourdi : étourdi de surprise.

Acharnement : ardeur.

Ambition : très fort désir de réussir quelque chose.

Amplement : bien assez.

Bredouiller : parler rapidement et en hésitant.

Brusquement : soudainement.

Chihuahua : petit chien à poil ras et à museau pointu.

Comptabilité : calcul des chiffres et des sous, de l'argent.

Conjurer : supplier.

Conseil d'administration : groupe de personnes qui prend les décisions dans une entreprise.

Considérer : penser que.

Consterné : étonné.

Conventionnel : habituel.

Crucial : très important.

Délabré : en mauvais état.

Dénigrer : dire des mauvaises choses au sujet de quelqu'un ou de quelque chose.

Désemparé : qui ne sait plus où il est, quoi dire ou quoi faire.

Élaborer : planifier.

Encan : vente où l'objet est vendu à la personne qui offre le plus de sous, d'argent.

Espiègle : qui aime jouer de vilains tours.

Expédier : envoyer.

Geai bleu : oiseau bleu, blanc et noir.

Haleter : être à bout de souffle.

Illégalement : qui va contre la loi.

Illico : tout de suite.

Indignation : sentiment de colère.

Jadis : autrefois.

Jet-set artistique : personnes du milieu artistique considérées les plus importantes.

Kidnapping : enlèvement d'une personne.

Ligoté : attaché.

Machiavélique : diabolique.

Malveillant : méchant.

Mettre des bâtons dans les roues : nuire à la réussite d'un projet.

Minois : jeune visage charmant.

Mobile : raison qui pousse une personne à commettre un acte criminel.

Muse : femme qui fait naître des idées dans la tête d'un artiste.

Otage : personne retenue prisonnière lors d'un kidnapping.

Outre-mer : de l'autre côté de l'océan, dans un autre pays.

Présumer : supposer.

Ravisseur : personne qui commet un acte criminel, enlève une personne de force.

Sangloter : pleurer.

Schnauzer : chien à moustache qui possède un poil laineux.

Se faire du mauvais sang : être inquiet.

Sournois : rusé.

Temporairement : pour une courte période de temps.

La langue fourchue

Les expressions de la langue française sont parfois très cocasses. Trouve l'expression qui correspond à la définition donnée.

Sur une feuille blanche, écris ta réponse à chaque question et viens la comparer avec le solutionnaire en page 47.

1. Quand on a beaucoup de travail à faire, dit-on :

a. avoir du pain sur la manche
b. avoir du pain sur la planche
c. avoir du pain sur la hanche

2. Quand on fait une grimace à quelqu'un, dit-on que l'on fait :

a. un pied-de-biche
b. un pied-de-poule
c. un pied de nez

3. Quand quelqu'un est plutôt sérieux, qu'il n'aime pas prendre de risques et qu'il ne fait pas de folies, on dit qu'il est :

a. mer à terre
b. terre à terre
c. air à terre

M'as-tu bien lu?

Voici un quiz qui te permettra de voir si tu as bien lu « L'étrange disparition de Mona Chihuahua ».

Sur une feuille blanche, écris ta réponse à chaque question et viens la comparer avec le solutionnaire en page 47.

1. Dans quelle ville d'Italie Chester Schnauzer doit-il exposer sa toile ?
a. Venise
b. Rome
c. Milan

2. Quel est le métier de monsieur Schnauzer, le papa de Chester ?
a. comptable
b. notaire
c. avocat

3. Quel jour de la semaine Mona Chihuahua s'est-elle fait kidnapper ?
a. lundi soir
b. mardi soir
c. mercredi soir

4. Chester reçoit deux lettres étranges. De quelle manière l'auteur de la deuxième lettre a-t-il écrit pour garder l'anonymat ?
a. avec des lettres découpées dans les journaux
b. il l'a écrite à l'ordinateur
c. il l'a écrite de la main gauche pour changer son écriture

5. Quel objet utilisent Chester et Jay pour s'éclairer dans la maison de monsieur Schnauzer ?
a. une chandelle
b. une lampe de poche
c. un fanal

T'es-tu bien amusé avec les quiz *La langue fourchue* et *M'as-tu bien lu ?*

Eh bien ! Chester a conçu d'autres questions et jeux pour toi. Il t'invite à venir visiter le www.boomerangjeunesse.com. Clique sur la section Catalogue, ensuite sur M'as-tu lu ?

Amuse-toi bien !

Solutionnaire

La langue fourchue

Question 1. La réponse est : b.
Lorsque Chester retrouve sa Mona, il lui dit qu'ils ont du pain sur la planche avant d'expédier le tableau. Cela veut dire qu'ils ont encore beaucoup de travail à faire avant que tout soit prêt et qu'ils doivent s'y mettre au plus vite.

Question 2. La réponse est : c.
Faire un pied de nez à quelqu'un signifie effectivement qu'on lui fait la grimace. Dans ce cas-ci, Chester réussit bien dans son métier d'artiste, et c'est sa façon à lui de faire un pied de nez à son père. Dans une phrase comme celle-là, Chester ne fait pas vraiment une vraie grimace. Ça signifie plutôt qu'il est fier d'avoir eu raison et qu'il ne se gêne pas pour le montrer à son papa, qui ne croyait pas en lui.

Un pied-de-biche peut être trois choses différentes : un outil utilisé pour arracher des clous, une pièce sur une machine à coudre ou un pied de meuble arrondi (comme à l'époque des rois). Quant au pied-de-poule, c'est un motif qu'on voit sur les tissus et qui ressemble à un jeu de dames un peu déformé.

Question 3. La réponse est : b.
Le papa de Chester Schnauzer est très terre à terre, c'est-à-dire qu'il est sérieux, qu'il aime la vie simple, qu'il tient à ses habitudes et qu'il aime les choses classiques, sans trop de folies. Quand Jay dit que monsieur Schnauzer est trop terre à terre pour être l'auteur d'une telle folie, ça signifie qu'il n'aurait pas osé prendre de risque qui aurait pu venir briser sa routine.

M'as tu bien lu ?

Question 1 : c.
Question 2 : a.
Question 3 : b.
Question 4 : c.
Question 5 : b.

Autres titres de la Collection

Moi, Éric, mon but, je l'ai trouvé : je vais réveiller une princesse et vivre heureux avec elle jusqu'à la fin de mes jours !

ISBN 2-89595-155-1

Dans quelques jours, Saralou aura un nouveau petit frère, un enfant adopté, venu du pays... des vampires !

ISBN 2-89595-118-7

Alice, la petite sœur d'Arnaud, est-elle vraiment une sorcière ?

ISNB 2-89595-104-7